EL TESORO

CUENTO EN DOS ACTOS
Y dos intermedios

Mario Soto Centeno

— ¿Oyes?... como que alguien está platicando. ¿Quién andará a estas horas de la noche?

— No son pláticas, son los perros ladrando, a veces se oyen como voces, pero son ladridos. Duérmete.

Asunción no se durmió. Estuvo despierta casi hasta que clareó el día, con los ojos abiertos fijos en el techo, buscando agujeritos por donde se colaba la luz de la luna por entre las tejas y los carrizos, con los oídos bien atentos a los ruidos que parecían voces. Por una razón o por otra, seguido pasaba las noches así, entre dormida y despierta.

Muchos le dijeron a Concho Zavala que Asunción padecía de los nervios. Se lo dijeron desde que empezaron a noviar, y se lo dijeron cuando ya se iban a casar.

— Esos nervios se le quitarán cuando se case, ya verás.

Le dijo Concho a Gaudencio, que era al único del rancho al que le tenía confianza para platicarle cosas. Porque Concho era vergonzoso, callado, y Gaudencio era de los que nunca andaba platicando lo que le decían.

Pero no, no se le quitaron los nervios a Asunción con el matrimonio. Al contrario, Concho la notaba más nerviosa y pensó que era porque casi no dormía.

Concho se preocupaba, porque a los pocos meses de casados Asunción resultó embarazada. Juanilla la partera le recetó té de toronjil y otras yerbas y mucho mejoró. Pero de todos modos, como que algo la inquietaba mucho en el cuarto de dormir. A veces decía que iba a poner una cama en el cuarto de los tiliches para poder dormir a gusto, porque hasta de día le daba sabe qué entrar sola a la pieza de la cama.

Hasta que llegó el día en que le confesó a Concho que veía una sombra que casi todas las noches se paraba a los pies de la cama.

—A veces son más sombras, pero una viene muy seguido y me da miedo.

Al principio Concho nomás la escuchaba sin decir nada. Se aguantaba sus preguntas, esperando que a Asunción se le pasaran los nervios, se calmara y dejara de ver visiones.

Tampoco le decía que eran figuraciones de ella, como le dijo esa noche, pero fue porque él clarito oyó que eran ladridos de perros. Y sí, no podía negar que a veces se oían como si fueran pláticas con palabras y no ladridos. Pero sombras a los pies de la cama nunca había visto Concho, eso ya era otra cosa muy diferente.

De niño Concho creía en aparecidos, creía con toda su fe, llegó a tenerles miedo, mucho miedo, pero de grande tenía sus dudas; más bien, no creía que los muertos se anduvieran apareciendo. Estaba en un punto en que no entendía muy bien las cosas de la muerte, sobre todo eso de que la gente anduviera saliendo del cielo… o del infierno, para venir a la tierra a asustar a los niños, o grandes, ni siquiera para descubrir donde había tesoros escondidos. Creía que si bien eran cosas para contarse y hacían una buena historia, no eran cosas para que la gente grande las creyera. A lo mejor creer esas cosas le hacía daño a Asunción, tendría que platicar en serio con ella, porque era muy creyente.

Asunción se empezaba a ver desmerecida. Muchas recién casadas se veían más bonitas que de solteras, Asunción no, poco a poco iba perdiendo su lozanía, y tenía que ser por no dormir bien. Y lo malo era que ni Concho dormía, porque nomás en el puro resuello podía notar que Asunción estaba despierta con la cara debajo de la cobija y, aunque no quisiera admitirlo, él mismo sentía miedecillo… ¿A qué? No estaba seguro. Su mayor temor era que Asunción padeciera de los nervios… y que lo estuviera contagiando, porque desde que Asunción le dijo que veías sombras, Concho también empezó a notar como que algo se sentía presente en el cuarto de dormir, y ese frío que se sentía, y estaban en tiempo de calor. Decían que cuando se aparecía un muerto se sentía frío alrededor. ¿Sería un ánima? Decían tantas cosas. Contaban tantas historias, pero Concho siempre las creyó como historias, cuentos, pero no que se dieran en realidad… y mucho menos en su casa.

No, nada había pasado en esa casa, como para que se apareciera algún muerto. La casa era casi nueva, el papá de Concho, don Lorenzo, la había levantado desde los cimientos, cuando se casó hacía 27 años, casi los mismos que tenía Concho, porque Concho fue el primero que nació en esa casa. Después, cuando creció la familia y se mudaron a la casa grande, don Lorenzo dejó esa casa para el primero de sus hijos que se casara, y ese fue Cocho. Pero no, nada malo había pasado en esa casa, eso averiguó Concho.

Le dijo a Asunción que a lo mejor la sombra que veía era él mismo, que a veces salía a hacer de las aguas al corral, porque no le gustaba usar la bacinilla. Asunción casi se le enojó, y no se enojaba seguido; que cómo se andaba comparando, que la sombra no era de este mundo.

—Pos entonces de una vez pregúntale que si es de este mundo o del otro.

Decían que eso hacía hablar a las ánimas que se aparecían. *'En nombre de Dios te pido que me digas, ¿eres de este mundo o del otro?'*

—Es que me da mucho miedo.

—Yo voy a estar allí contigo. Nomás se trata de que te desengañes, para que ya dejes de pensar en eso y puedas dormir.

—¿Y qué si no responde, y se sigue apareciendo?

Es distinto cuando le tienes miedo a algo que sabes qué es o de qué se trata, pero tenerle miedo a algo que no sabes ni qué es, es doble miedo, mucho más miedo.

Por más que las apariciones de las ánimas casi siempre… o siempre, según decían, eran para avisar de algún tesoro que se les quedó enterrado, o escondido y del que no dieron razón a nadie antes de morir. A la hora de la hora, hasta los más hombres tenían miedo encontrarse con un muerto y platicar con él. Era mucho más fácil cuando los muertos venían en los sueños, no asustaban tanto. Decían que los que estaban en el cielo podían aparecerse en los sueños, pero los que estaban en el purgatorio tenían que venir en persona cuando necesitaban hablar con alguien, pero eso eran pláticas para pasar una tarde platicando en la tienda de Leandro, pero eran cosas que a la hora de la hora nadie creía de bien a bien.

También se contaban cosas de los que se hallaban dinero enterrado, que los gases los hacían ver visiones, y que oían ruidos que los dueños del dinero habían enterrado con el tesoro para asustar a los que lo quisieran sacar. Se sabía de los que se *enazogaban,* cuando respiraban los gases al destapar algún tesoro enterrado, pero casi nada se sabía de los que habían hablado con una ánima. De eso nadie platicaba detalles. De otras cosas sí, pero de eso no. ¿Sería que hasta recordar les daba miedo?

Dormir con el aparato de petróleo encendido no funcionó, la luz era tétrica, daba más miedo, y amanecían con las narices llenas de hollín.

—En una de esas hasta nos envenenamos, mejor ya no lo prendas.-le dijo Asunción a Concho- Si vuelve esa sombra le voy a hablar. Obre Dios.

No pasaron muchos días, cuando una noche, ya casi en la madrugada Concho se despertó al sentir la agitación de Asunción, y no sabía Concho si estaba dormida soñando alguna pesadilla o estaba viendo algo, pero estaba más agitada que otras veces.

Trató de despertarla, pero Asunción no respondía. Concho sólo oyó como murmullos, que se le figuraron casi como se oían los ladridos de los perros a lo lejos, cuando parecían pláticas, pero esta vez los murmullos eran diferentes, traían un zumbido extraño. Un zumbido sordo, tembloroso, como que retumbaba. Concho sintió frío, tenía vergüenza de tener miedo, pero tenía miedo. Asunción estaba hablando con el muerto. ¿Cuánto tiempo pasó? A Concho le pareció que fue mucho rato.

Cuando sintió que Asunción empezaba a calmarse la abrazó fuerte y así la tuvo hasta que muy poco a poco le volvió el resuello normal y fue dejando de temblar. Los dos estaban bañados en sudor frío. Concho no sabía qué hacer. No se le ocurría nada. Ya alboreaba la mañana, de día sería distinto.

De pronto Asunción salió tambaleándose al corral. Concho la oyó vomitar. Le preguntó si estaba bien… Asunción muy dentro de sí pensó "qué pregunta tan pendeja"…y estuvo largo rato, recargada en la cerca de piedra, más que vomitando escupiendo saliva amargosa…

Poco más de un mes estuvo Asunción enferma de la bilis. Juanilla le dio todas las yerbas que tenía para el mal del susto, cuidando que no le hicieran daño para el embarazo. Durante ese mes no movieron plática sobre lo que pasó esa noche. El mismo Concho cambió las sábanas y nunca le echó en cara a Asunción que se había ensuciado en la cama, ni buscó que ella comentara algo de lo ocurrido. Como si no hubiera pasado.

Muchos años después, cuando Asunción estaba vieja y alguien de mucha confianza le preguntaba que si había sentido miedo al hablar con el ánima, simplemente contestaba: *"El cuerpo hace su extremo"*

Casi nunca estaban solos Concho y Asunción, porque no faltaba algún pariente o conocido que viniera a ver cómo seguía Asunción. Pero poco a poco se fueron haciendo menos las visitas.

Fue una tarde de domingo, mientras estaban solos sentados a la sombra del rosaté que había en el patio, cuando Asunción habló del tema. Concho le estaba platicando cómo en ese mismo lugar donde estaba sentados había visto a su mamá partir con un cuchillo una 'culebra' que se retorcía en el cielo en una tormenta…

— No se veía que viniera muy fuerte la tormenta, pero la gente le tenía miedo a las culebras, cuando se clavaban en la tierra hacían estragos… eso decían. Mi mamá agarró el cuchillo, rezando la magnífica, aventó sal bendita formando una cruz, y con el cuchillo levantado hizo señal de partir la culebra. Vas a creer que poco a poco se fue desapareciendo en las nubes y hasta la tormenta se fue por otro lado y no llegó. Yo veía a mi mamá como una heroína de cuentos, mucho más alta de lo que era….

—Me habló el difunto. –dijo secamente Asunción, que no había estado poniendo atención a la plática de Concho

El silencio fue largo… nomás se oyeron resollar uno a otro.

Para entonces ya Concho había terminado de arar los terrenos que tenía que arar y hasta le había ayudado a su papá, sólo esperaban las primeras lluvias para sembrar… Había calma en el rancho, pero en la mente de Concho se desató una tormenta de pensamientos. La pregunta insistente era. ¿De veras estará mal de la cabeza?

—Por lo menos ya duermes mejor. ¿Ya no has visto sombras?

—No.

Otra vez se quedaron callados…

—Voy a meter la ropa que lavé, no vaya a ser que llueva a la noche.

—Ojalá, pero esas nubes no son de agua, ya vendrán las buenas, pero todavía falta, aunque sí parece que este año van a entrar temprano las aguas… A ver si este año llueve, porque el años pasado fueron puras lloviznitas…

Asunción lo oyó, pero de todos modos fue a juntar la ropa del tendedero y después fue a la cocina a atizar el fogón para calentar algo para cenar.

Esa misma noche, mientras los dos estaban acostados mirando los agujeritos blancos en el techo, con los brazos cruzados bajo la cabeza, mientras Concho pensaba que tenía que tapar las goteras antes que empezaran las aguas, de buenas a primeras, Asunción habló.

—Se llamaba Josiana, así me dijo. Que debía una manda a la Virgen de San Juan de cuando se curó su hijo. Que buscáramos los viejos cimientos de su casa en el corral y que escarbáramos en la pieza grande donde dieran siete pasos caminando de la esquina donde sale el sol a donde se mete, que gastáramos bien ese dinero y le lleváramos alguna limosna a la Virgen, según nuestra voluntad… Eso me dijo….

Asunción se puso a llorar a sollozos y Concho a consolarla hasta que bien entrada la noche se quedaron dormidos.

—Como que todo fue un sueño –dijo Concho mientras almorzaban.

—Sí, -repitió Asunción- como que todo fue un sueño. No sé por qué me asusté tanto. A ver si no le hizo daño al niño…

— O a la niña. Dijo Concho.

Concho, que no creía muy bien en aparecidos, pensaba dentro de sí. 'Tanto le diría el difunto a Asunción ¿o serían puras figuraciones de ella?'

Tratando de averiguar un poco, un día Concho le platicó a su papá que Asunción había soñado una casa vieja donde estaba la casa en que vivían. Fue todo lo que le contó, no le dijo más.

—¡Eso sí que está raro! ¿Dices que fue un sueño?….

—Bueno…

—… porque sí había una tradición que allí había habido una casa que quemaron los chinacos hace muchos años en sabrá Dios qué revolución. Lo cierto es que cuando yo hice esa casa donde viven, no vi por ningún lado rastros de que allí hubiera habido casa alguna, ni siquiera piedras o tierra de adobes…. Se hablaba de un señor Joseana... (cuando Concho oyó ese nombre se semblanteó, pero don Lorenzo no lo notó)... que lo colgaron los chinacos porque no les quiso decir dónde había enterrado el dinero... y luego le quemaron la casa. Eso decían, y que toda la familia se había ido luego para la capital, pero te estoy hablando de hace muchos, muchos años; cuando yo estaba chico oía esas historias, pero ya nadie decía a ciencia cierta dónde había estado la casa; unos decían que en la casa de don Mercé, otros que en la casa de la troja... Lo cierto es que tu madre y yo vivimos allí de recién casados y hasta que crecieron ustedes nos cambiamos de casa, pero nunca vimos ningún rastro de que hubiera una casa allí antes... bueno, ni tepalcates, o pedazos de tejas o cosa así, por lo que todos creíamos que eran historias de esas que se cuentan en todos los ranchos... Las casas no se desaparecen sin dejar rastros. Lo raro es qué cómo fue a soñar Asunción esas cosas. A lo mejor oyó pláticas...

—Sí, a lo mejor eso fue.

Dijo con certeza exagerada Concho, que no se animaba todavía a contarle a nadie, ni siquiera a su mismo padre, la aparición del ánima.

Por un lado estaba que fueran a juzgar de loca a Asunción. Su papá era uno de los que le decían que se fijara bien antes de casarse, que Asunción tenía algún mal de los nervios. Por otro lado, si fuera resultando cierto y encontraran un tesoro, era cosa de mantener muy en secreto. Primero lo primero, después ya vería qué hacer.

Ahora también traía en la cabeza la pregunta de cómo sabría Asunción el nombre de Joseana, por lo menos Concho nunca antes había oído ese nombre. La cosa empezaba a parecer cierta.

Por alguna razón que los dos entendían bien no se volvió a hablar del asunto hasta que Asunción 'se alivió'. Fue niña, nació el mismo día que nació la potranquita de la yegua rusa.

Cuando cumplió tres meses la niña Altagracia, que crecía muy sanita, como que no le había afectado nada el susto que pasó Asunción con la aparición del ánima, Concho volvió al tema del dinero enterrado.

—¿Dónde dices que te dijo el difunto que había que escarbar….

—Que midiéramos siete pasos en la sala de la casa vieja de la esquina donde nace el sol a donde se mete, que allí escarbáramos. Pero yo creo que primero habría que pagar la manda a la Virgen de San Juan, sirve que llevamos a presentar al templo a la niña.

Así lo hicieron.

Todavía pasaron semanas para que Concho se decidiera a empezar a buscar rastros de cimientos de la casa vieja de que hablaba el ánima de Asunción. Para su sorpresa, no tardó en encontrarlos. Tal como pensó que podía ser, el corral de las gallinas estaba sentado sobre unos cimientos viejos… Ese corral estaba allí desde hacía muchos años. Al poco escarbar encontró hasta piedras y canteras bien labradas y muy bien hechos los cimientos, y anchos, todo el muladar era un cuarto grande de la casa vieja, que no sabían que había estado allí, porque desde hacía muchos años había sido un corral donde se apartaban los becerros y después fue el muladar de la casa que hizo Don Lorenzo Zavala.

Nomás de por no dejar Concho midió los pasos de esquina a esquina y encontró que donde daba la medida era pura piedra maciza.

—Como aquí derecho sería.

Dijo sin voltear, porque sabía que Asunción lo estaba espiando.

—Sí, ya vi. ¿Le vas a escarbar?

— Voy a tener que conseguir una buena barra, esto es pura piedra.

— Sabe qué tan hondo estará….

—Mmmmh. El chiste es que esté, lo hondo es lo de menos, qué tan hondo pueda estar que no lo encuentre. Si lo enterraron se puede desenterrar, ¿o qué?, dijo envalentonado para asegurar tanto a Asunción como a sí mismo que lo haría.

Concho Zavala siempre fue calmado, no se podía decir que fuera flojo, más bien era muy bien hecho. Hasta sus barbechos se conocían por lo derecho de los surcos. Le gustaba pensar bien las cosas, eso sí. Parecía que no llevaba prisa de encontrar ningún dinero. Asunción tampoco era muy ambiciosa, pero los dos querían desengañarse de que todo aquello no había sido sólo un sueño, o algo que tuviera que ver con los nervios de Asunción.… Tampoco podían negar el secreto deseo de saber lo que se sentía ser rico, si es que lo que encontraran los hiciera ricos. ¡Se hablaba tanto! Se hablaba, porque no se veían los ricos; no se distinguían los ricos de los pobres en el rancho y poco se distinguían en el pueblo.

Había ricos que parecían pobres en su vestir y vivir. Ahí estaba Eustaquio con tierras y ganado y no vivía mejor que los demás rancheros más pobres. Allí estaba Policarpo que ni se casó y de viejo vive solo y dicen que no gasta ni para comer bien. Ya andan algunos buscando sus entierros, porque de que tiene dinero, tiene; vendió muchas tierras de la herencia y nunca ha creído en los bancos, dicen que todo lo tiene en oro y plata... A ver a quién le toca ese dinero cuando se muera... Algunos lo siguen cuando sale a caballo nomás a andar por sus potreros, dicen que donde clava la mirada es porque tiene algún entierro, porque, según dicen, siguió la costumbre de no enterrar todo el dinero en un solo lugar, por aquello de que los revolucionarios y los bandidos torturaban a los ricos hasta que les descubrían dónde tenían el entierro. En una de malas que les tocara ser torturados revelaban el lugar de un entierro no muy grande, nomás para salvar el pellejo. A don Joseana así le ha de haber pasado.

A lo mejor un día se va a andar apareciendo Policarpo... A lo mejor el dinero cambia a las personas...

En esas cosas pensaba Concho, porque mal que mal, vivían bien, eran felices, y más serían cuando creciera la criatura, cuando completaran la familia. ¿Qué tal que con dinero cambiaran para mal?...

También tenía miedo a *enazogarse*... Contaban muchas historias. Decían que había que dejar que el dinero, así fuera oro o plata, que soltara los gases, que si los respirabas de golpe te morías o quedabas hecho una criatura, como dos o tres en el rancho que se habían avorazado y se asomaron a la olla de oro en cuanto la sacaron. Mateo de a tiro quedó como un niño, siempre a risa y risa, tenían que alimentarlo en la boca y hasta cambiarle los pañales hasta que se murió. Lo bueno que sus hijos supieron aprovechar bien el oro que se halló y cuidaron muy bien a su padre. Otros no quedaron tan locos y pudieron disfrutar sus hallazgos; pero lo que se decía era que el azogue de los tesoros era malo, que había que dejar que las monedas resollaran cuando las sacaras, que soltaran los gases que se habían creado en el entierro y que eran los que a veces se veían como llamas en el suelo donde había dinero enterrado… o huesos, porque muchos que habían visto 'arder' y escarbaron esperanzados de encontrar un tesoro, por más que escarbaron todo lo que encontraron fueron puros huesos, que bien podían ser de animales o de cristianos. Decían que unos gases que producen los huesos enterrados también parecen llamaradas.

Fuera como fuera, Concho había oído más historias de gente a la que le había ido mal al encontrar un tesoro que gente a la que le hubiera ido bien. Por lo menos eran las historias que más recordaba en estos días. Ahí estaba también Cleto, que ni supo lo que se había hallado, lo encontraron muerto encima de la olla llena de plata, unos dicen que enazogado, otros que le dio un ataque de la emoción.

Pasaron otras dos semanas para que Concho se animara a pedirle una barra grande a su papá. Dos semanas duró para salir con una buena excusa para pedirle la barra. Le dijo que la quería para sacar unas piedras que había en el patio y otras en el muladar.

— Ya me he dado unos buenos *trompezonez*. La niña no va a tardar en caminar, quiero dar una buena emparejada, ahora que hay tiempo antes de que se vengan las aguas, digo, si es que vienen, porque parece que vamos a tener otro año de sequía.

—Calla boca…

Así quedó la cosa. Por sí o por no, Concho sacó tres piedras del patio que estaban medio filosas, para no mentirle a su papá, y una noche con buena luna se dio a la tarea de escarbar donde había puesto una piedra de señal, donde el ánima le había dicho a Asunción que escarbaran.

No sintió Concho cuando Asunción llegó con un jarro con agua… Se sobresaltó.

—Te asusté ¿verdad? Estás nervioso

—Lo que estoy viendo es que está medio trabajoso esto. Hay mucha piedra y no quiero hacer mucho ruido, a estas horas todo se oye hasta bien lejos.

—Con que no te vaya a estar espiando alguien. La luna está muy clara.

—Eso también. En ratos siento como que alguien me está viendo. Ha de ser don Josiana.

Dijo Concho devolviéndole el jarro a Asunción y volviendo a escarbar para mover una enorme piedra que entre más le escarbaba más crecía.

—Se te grabó el nombre…

—Cómo no, si en estos días he pensado mucho en él…

—¿Y eso?

— Los trabajos que pasaría para juntar su dinero y para nada, ni él ni sus hijos los disfrutaron. A veces quisiera no encontrar nada, no vaya a ser dinero maldito. No sé… También dicen que cuando uno trae malas intenciones con el dinero, se le vuelve carbón… Nomás eso faltaba.

Asunción se fue retirando sin decir nada. Ella también tenía esa desconfianza de ese dinero. No se podía imaginar rica. Y menos podía imaginar a Concho adinerado. Por otra parte, ese dinero siempre estaría asociado con un muerto… con el recuerdo del muerto aparecido, algo que ella quería olvidar, y si ese dinero aparecía ya nunca podría olvidar la aparición del difunto.

Ya empezaba a clarear cuando Concho, cansado de escarbar y no encontrar rastros ni siquiera de tierra floja, guardó la barra, el talache y la pala y fue a acostarse para dormir aunque fuera un rato.

—¿Nada?

Asunción estaba despierta cuando Concho se acostó.

—Nada

—¿Y dejaste el escarbadero?

—Mañana… al rato, con la luz del día le tapo un poco, por si alguien pasa y se asoma… y si ven, les digo simplemente que quiero quitar esa piedra. No creo que alguien vaya a sospechar. ¿O tú qué crees?

Concho ya tenía todo pensado, desde qué decirle a los que preguntaran, si vieran rastros de que había escarbado, hasta lo que les diría cuando empezara a gastar el dinero.

El día siguiente se le fue a Concho en puros trabajitos aquí y allá, y acabó sin ganas de escavar. Cuando fue a la tienda de Leandro a comprar petróleo, como si algo se supiera, las pláticas fueron todas de dinero enterrado. Casi de todas las casas viejas del rancho había alguna relación… igual de algunos caminos, del corral de la cerca doble, del callejón, del cerro, hasta en el pozo del agua zarca decían que había dinero enterrado….

—La mera verdad, Concho, si la quiere hacer de emoción, estás fallando porque lo que estás haciendo es hacerla aburrida. Ayer no escarbaste y ora no tienes trazas de que vayas a escarbar.

—De perdido deja que se oscurezca…pero ando medio cansado…

—Cansado de no hacer nada… Te la pasaste en casde Leandro.

—Aunque no la creas, a veces cansa más el no hacer nada que el trabajo.

—Si no escarbas tú, voy a escarbar yo y no te voy a dar nada de lo que encuentre, todo será para mí y Altagracia. –dijo juguetona Asunción.

Por lo menos Concho veía que un poco de alegría había vuelto a Asunción. Y ahora con la niña se mantenía ocupada y estaba demostrando que era muy buena madre. Ojalá de veras se hallaran algo para darle algunos gustos. En una de esas hasta una troca podría comprar. Ya había una troca en el rancho, pero dos no se estorbarían. Todos los domingos echarían viajes bien cargadas al pueblo…o de perdido una camioneta.

Ya verían, tal vez todo lo que encontraran sería para los hijos. Ellos estaban muy a gusto con lo que tenían. Poquito o mucho, pero no les faltaba lo indispensable para vivir a gusto.

—Lo que voy a hacer es meterte otro susto para que te portes bien…-dijo Concho, de pronto notando que Asunción le había dicho que no había hecho nada en todo el día, pero luego se arrepintió. El susto no había sido cosa de chiste y ya se les había olvidado un poco, era algo de lo que ya no se platicaba- Mañana será el día. No pararé en toda la noche hasta dar con la olla.

—O con el hoyo... –Dijo Asunción, sin imaginarse que decía una profecía, porque un hoyo vacío fue lo que encontró Concho.

Tal como lo había prometido, la noche siguiente, casi desde que se metió el sol y se apaciguaron los ruidos del rancho, empezó Concho a escarbar. Quitaba piedras, y piedras aparecían; siempre por debajo de la gran piedra que todo lo cubría. Si había algo enterrado, parecía que lo habían tapado con esa enorme piedra que apenas podrían mover unos cuatro hombres…. O la arrastrarían con una yunta de bueyes… o estaría ahí desde hacía cientos, miles de años. Cada vez le parecía a Concho que lo más probable era que, de haber algo enterrado, lo enterrarían de la misma manera que él lo andaba buscando... debajo de la gran piedra, y se dedicó a buscar debajo de la piedra.

Ya no tardaría en clarear el alba. —el lucero brillaba junto a la luna…… y a Concho le pareció que era señal de buena suerte… Por fin, al quitar una piedra, ni muy grande, apareció la esquina de la caja de madera. Ha de haber sido de mezquite, porque a simple vista se veía bien conservada. Arrimó lo más que pudo el aparato de petróleo y limpio con cuidado alrededor de la caja. Por lo que se veía no parecía muy grande. No se arrimó mucho para no respirar azogue. Como tenía pensado, con la barra le despegó un poco la tapa para que salieran los gases que decían que hacían daño.

Un poco desanimado por el tamaño de la caja, pero al mismo tiempo contento de haber encontrado algo que confirmara la aparición del ánima a Asunción, fue a la cocina a buscar tabaco y hoja para hacer un cigarro… Algo le decía que primero sacara la caja y la destapara y luego se fumara su cigarro, pero traía en la cabeza muchas historias de enazogados, y prefirió fumarse un cigarro primero. ¿Cuál era la prisa? Ya *"había dado con la olla"*, aunque en este caso era una caja…

No duró mucho en la cocina, porque poco a poco fue creciendo la curiosidad y pensó que si sacaba la caja con cuidado la podía dejar al aire un rato antes de que amaneciera. Le dio dos largas fumadas seguidas al cigarro y lo aventó sin terminar. Se amarró el pañuelo tapándose la boca para no respirar azogue y como relámpago le pasó por la mente la imagen de un ladrón de diligencias que había visto una vez en una película… Pero algo andaba mal, estaba seguro que había dejado la barra junto a la pala recargadas en la piedra y estaban las dos tiradas arriba de la piedra. Le subió la mecha al aparato y arrimó la luz bajo la piedra. ¡La caja no estaba! Allí estaba nomás el hoyo, el hoyo que le dijo Asunción que iba a encontrar…

Sí, Asunción la sacó, pensó Concho y se asomó a la recamara. Asunción dormía tranquila.

¿Habría imaginado la caja? Podría ser, pero no, ahí estaba bien marcado el lugar donde estaba, y eso no lo estaba imaginando. Pudo imaginar la caja del tesoro, una caja que no estaba, pero una caja imaginaria no podía dejar ese hoyo que estaba viendo…

No, no era sueño, volteó a todos lados, empezaba a clareaba el alba, no se veía ni un alma en el rancho, pero no tardarían en aparecer los madrugadores rumbo a la labor o a las ordeñas.

En vano removió la tierra esperando que la caja hubiera resbalado, o hubiera caído en algún hueco.

Pero nada, ahí estaba bien marcado el lugar que había ocupado por muchos años. Un lugar del que él no recordaba haberla movido. No, no la movió, apenas la tocó un poco con la barra para despegarle la tapa, pero allí la dejó cuando se fue a la cocina.

¿Desaparecería por magia, porque le dio la espalda? Decían que no se le debería dar la espalda a un tesoro que se encontrara… ¡Claro, porque alguien se lo podía robar! Alguien se la había llevado la caja que había encontrado Concho. La caja con el dinero que el ánima le había dicho a Asunción que desenterraran… Y ya habían pagado la manda del difunto y dado limosna a la Virgen, no era justo.

Instintivamente, Concho ya estaba enrollando otro cigarro.

Asunción encontró a Concho en la cocina. Ya había hervido el agua de canela y bebía de un jarro que olía más a alcohol que a canela

—¿Qué, no dormiste? Tienes cara de aparecido

—Se robaron el dinero. –Dijo sin más, Concho.

—¿Cómo que se robaron el dinero? ¿No hallaste nada? ¿O qué vacilada es esta?

—Sí lo hallé, mira ven… te enseño dónde estaba

—¿Estaba?

—Sí, estaba. ¿Ves la marca? Era una caja de madera como así de grande… allí se ve el rastro, la marca dónde estaba, donde estuvo por mucho tiempo. La dejé para que se le fuera el azogue, mientras hacía un cigarro en la cocina y cuando volví, andavete de caja. Se desapareció…

—Qué se desapareció ni qué nada. De seguro tu compadre Eustaquio te estaba espiando y se la voló… ¿Pero cómo se te ocurrió?...

—No juzgues, Asunción, hasta no saber…No creo a mi compadre Eustaquio capaz de hacer una cosa así...

—Pues yo sí… Y si no fue él, alguien tuvo que ser…… ¿Y ora, cómo vamos a saber? ¿Vas a ir a preguntarle al compadre Eustaquio, 'Oye, no te robaste tú un tesoro que encontré en el muladar de la casa'?

—No habrá necesidad. La gente que se halla dinero luego lueguito se les nota. Ni modo que lo vuelva a enterrar. Lo tiene que gastar, y a Eustaquio se le notaría bien fácil, es bien tacaño… En una de esas lo hizo de travesura, quien quita y al rato traiga la caja.

—Sí, la caja te la puede traer, pero lo que tenía, ni sueñes. Se lo robó y punto, y por tarugos nosotros… Cómo no tomamos más precauciones…

Pero Eustaquio no gastó el dinero.

Desde los primeros ruidos que hizo Concho la primera noche que escarbó, Eustaquio sospechó algo. ¿Por qué tenía que andar escarbando Concho a esas horas?

Dos horas y media estuvo escarbando Concho la primera noche y dos horas y media estuvo Eustaquio con las orejas como radares, atento a los ruidos, tratando de adivinar qué estaría haciendo Concho. Era mucho escarbar… ¿y a esas horas?

Las casas estaban a escasas quinientas varas una de la otra, por el mismo lienzo, pero en diferentes potreros, una a un lado del lienzo, la otra al otro lado. Vecinos de toda la vida, porque Concho había nacido en la casa donde ahora vivía de casado. Aunque Eustaquio era mayor que Concho, eran compadres. Concho había sido padrino de primera comunión del menor de los hijos de Eustaquio y rigurosamente se decían compadres... como todos los compadres en el rancho, y casi todos en el rancho eran compadres... unos hasta de dos veces.

Al día siguiente de que Concho empezó a escarbar Eustaquio pasó por la casa de su compadre Concho, como sin dar mucha importancia. Pero esta vez no se detuvo ni a saludar. Siempre que pasaba se detenía en la brincadera del patio y gritaba con ganas *"Ave María Purísma, ¿'onde andan?"* Pero esta vez pasó rápido, como si llevara mucha prisa, pero sí alcanzó a ver que Concho había escarbando en el muladar, y allí solo podía escarbar por dos razones: para enterrar algo o para desenterrar algo... Eso pensó Eustaquio y eso tenía que ser. Ese corral de los becerros convertido en muladar había estado allí desde que Eustaquio era chiquillo... desde antes, sabrá dios desde cuándo, pero desde mucho antes que don Lorenzo Zavala hiciera su casa cuando se casó. Algo buscaba allí Concho y Eustaquio tenía que averiguarlo.

Apenas había regresado a su casa después de dar un grande rodeo para que no se sospechara que su caminata tenía como único fin averiguar dónde estaba escarbando Concho, cuando de repente se le vino un pensamiento a la cabeza. Se acordó de lo que contaban de Margarita la de don Zenaido; en el rancho todo se sabía y todo se contaba, decían que había tenido un aborto y que ella misma había enterrado el cuerpecito entre las raíces de un árbol. Eso contaban, pero, de ser cierto, ella tenía razón, porque era soltera, la mayoría del rancho llevaba a enterrar al pueblo a los angelitos que no alcanzaban a nacer, igual que a los que morían recién nacidos o nacían muertos.

Apenas se tomó un jarro de agua a la carrera, agarró una cubeta y se fue con dirección a la huerta de los magueyes. Tenía que desengañarse, aunque tuviera que ir a la casa de Concho. No fue necesario, desde lejos vio a Asunción tendiendo ropa con su pancita de embarazada. La saludó con el sombrero y se fue al pozo del agua zarca con su cubeta; no necesitaba ir hasta la huerta de los magueyes.

Dos noches pasaron sin que se oyeran ruidos. Por más que Eustaquio estuvo muy atento, no logró escuchar ningún ruido extraño, nada.

La primera noche sin ruidos, Eustaquio se arrimó a la brincadera del patio y vio a lo lejos la casa de Concho muy tranquila bajo la luna, ni un solo ruido, ni siquiera grillos o ladrar de perros… Como si todo el rancho estuviera a la expectativa a ver si se oían ruidos en la casa de Concho. Eustaquio se durmió ya tarde.

Cuando la segunda noche tampoco se oyeron ruidos de que anduvieran escarbando, Eustaquio pensó que lo que hubiera sido, estaba ya enterrado o desenterrado. Tendría que buscar la forma de preguntarle a Concho para salir de dudas.

Pero a la noche siguiente se volvieron a oír los ruidos. No eran golpes, más parecían rasguños, como si no quisiera hacer mucho ruido. Hasta los tosidos eran sofocados.

No lo pensó mucho Eustaquio. Más bien ya lo tenía pensado y decidido: si volvía a oír que Concho andaba escarbando se arrimaría a ver.

Eustaquio se arrimó sin cuidarse de no hacer ruido, no iba a escondidas, pero cuando llegó y vio que Concho no se había dado cuenta que él estaba allí agazapado junto a la brincadera del patio, al otro lado de la cerca, decidió espiar sin ser visto. Estuvo zorreando, debatiendo entre ayudarle a Concho a escarbar o esperarse a ver qué…

Dos veces volteó Concho en dirección a donde se ocultaba Eustaquio, como si sintiera que al otro lado de la cerca estaba alguien espiando, pero sacudió la cabeza y tiró esos pensamientos.

Fue al poco rato cuando Eustaquio notó la excitación de Concho. Vio cómo arrimó el aparato de petróleo bajo la grande piedra y escarbaba rápido, y esta vez usó las manos para remover tierra. Sin duda había encontrado algo. Eustaquio no podía ver lo que Concho veía, porque fuera lo que fuera estaba debajo de la piedra, como en una cueva. A la luz del aparato de petróleo, alcanzó a ver la cara de satisfacción o de gusto de Concho cuando se paró y se limpió el sudor, pero sin retirar la vista de algo debajo de la gran piedra. Estaba claro que había encontrado algo.

Cuando Eustaquio vio que Concho fue a la cocina y que no regresaba luego, aprovechó para asomarse debajo de la piedra. Vio la caja de madera al descubierto y, sin pensarlo, la tomó y se escurrió a su casa, agazapado pegado a la cerca de piedra.

Eso no estaba en sus planes, actuó inconscientemente, pero todo lo hizo como si lo tuviera planeado. Metió la caja en el horno de tierra que estaba en el patio. Ya otras veces había escondido cosas en el horno; como cuando llegaba borracho y traía alguna botella que no quería que viera Eustolia porque era capaz de quebrársela en la cabeza. Allí estaría segura la caja, nadie tendía por qué andar buscando algo en el horno. Arrempujó la caja hasta el de modo que no se viera y fue y se acostó sin hacer ruido. Oyó el respirar tranquilo de Eustolia que dormía plácidamente. Eustaquio no durmió, estuvo con los ojos pelones, nomás pensando, hasta que amaneció… Si Concho lo hubiera visto ya estaría gritándole para despertarlo. No, de seguro no lo vio. ¿Sospecharía de él, de su compadre, de su vecino de toda la vida?

Sí sospechó Concho. ¿Quién más podría haberlo espiado y esperar el momento preciso de robarse el tesoro? No cabía duda. El dinero no se iba a desaparecer como por encanto. Incluso eso que decían que si lo despreciaban, dándole la espalda aunque fuera un momento, o si lo pensaban usar para mal se convertía en carbón o desaparecía, más parecían cuentos, porque no se sabía de alguien que se le hubieran convertido en carbón las monedas de oro o plata. Tuvo que haber sido Eustaquio el que se llevó la caja del tesoro. Así lo pensaba Concho y así se lo dijo Asunción y así poco a poco se supo en todo el rancho, porque en los ranchos todo se sabe, aunque nadie platique abiertamente de ciertas cosas. Pero eso sí, nunca se trató el tema con Eustaquio…

Al fin que ni más rico ni más pobre. Concho aceptó su suerte. Pero ya nunca estuvo a gusto con su vecino Eustaquio, con su compadre Eustaquio. Lo observaba, lo espiaba, lo seguía cuando iban al pueblo…. Pero pasaron los años y nunca se le vio nada… ni más rico ni más pobre.

Mucho luchó Eustaquio consigo mismo. Había días en que amanecía bien decidido a ir en casde Concho, contarle todo, pedirle perdón y devolverle su dinero. Eustaquio no era ladrón, nunca había robado nada antes. No entendía por qué había hecho eso de llevarse el dinero que había desenterrado Concho, su compadre Concho. Si lo hubiera devuelto al día siguiente, o a los pocos días, podría haber dicho que había sido una broma. Si lo pensó Eustaquio, pero entre ellos no se bromeaban, menos de esa manera.

El dinero es cabrón, decían. ¿Sería por eso que se robó el dinero? La sola palabra 'robar' le molestaba. No era que Eustaquio tuviera necesidad; vivían bien, no les faltaba nada, tenía su terrenito, sus vaquitas, no necesitaba más, hasta podría ser que ese dinero le trajera la mala suerte, pero el dinero es canijo…

Si no resistió la tentación de robarse la caja con las monedas, ¿robarse?, hasta su muerte luchó Eustaquio tratando de negarse a sí mismo que hubiera sido un robo, pero no encontraba otra palabra... ¿Hallársela? También un día se halló unas vacas de Concho en otro potrero, pero no se las llevó a su potrero. Pero si no resistió la tentación de llevarse el tesoro que desenterró Concho, ahora sí resistía la tentación de devolverlo a su dueño.

Entre más tiempo pasaba, más difícil se le hacía devolver el tesoro de Concho. Lo mejor hubiera sido devolver la caja sin abrir, sin saber lo que había adentro, pero Eustaquio la abrió.

Una noche, después de asegurarse que Eustolia y los muchachos dormían tranquilamente, fue al horno y abrió cuidadosamente la caja dentro del mismo horno donde la tenía escondida, ya había notado que la tapa estaba despegada y ya no habría azogue. Sacó un puño de monedas, no las podía ver bien porque la noche era oscura, pero por el peso calculó que eran de oro. Por lo menos eso imaginó. Golpeó ligeramente una con otra y el sonido tenía que ser de oro. Tendría que desengañarse.

Cada mes había misa en el rancho. No en todos los ranchos había misa cada mes, en algunos sólo había misa una vez al año en la fiesta del santo de la capilla, pero el Rancho de la Cruz era casi un pueblo. Había muchas casas y todas con familias, y atraía mucha gente de otros ranchos a las fiestas, a los jaripeos y a los juegos de béisbol.

El día de la misa del rancho, Eustaquio, con el pretexto de que la vaca canela estaba a punto de parir, se quedó solo en la casa. Eustolia se fue con los dos muchachos chicos a la misa.

Después de que vio que Concho y Asunción pasaron a la capilla, Eustaquio sacó la caja del horno donde la había escondido. La llevó a su cama y la vació. Completa la vació. Bonito ruido del chocar de monedas de oro, por más que lo hizo con mucho cuidado de no hacer ruido. Por sí o por no, se asomó a ver si no se veía gente por los caminos. No vio a nadie. Contó las monedas dos veces. 245 monedas grandes de oro. No eran muchas, pero era una buena cantidad. Dos veces contó Eustaquio las monedas. Primero las tentaleó casi acariciándolas, eran de buen tamaño, golpeo una con otra con cuidado y levemente y se las arrimó al oído. Muy fino el sonido, pero lo acalló con la mano, el ruido del dinero se oye desde muy lejos.

Ya no metió las monedas en la caja. Ya tenía una vieja bolsa de cuero preparada y ahí las fue acomodando como si estuviera acomodando blanquillos en la canastilla para llevarlos a vender al pueblo sin que se quebraran. La caja la despedazó, ató los pedazos y se los llevó, junto con la bolsa del tesoro a la huerta de los magueyes.

En un maguey viejo que ya tenía años de no dar aguamiel y que tenía el pozo tapado con una piedra, porque las víboras tenían la maña de hacer nidos en los pozos de los magueyes viejos y Eustaquio los tapaba con grandes piedras bien acopladas. Allí en un maguey viejo, ya casi seco, en un rincón de la huerta, Eustaquio escondió el tesoro que se había llevado de la casa de Concho. Tapó la bolsa con las tablas de la caja desbaratada... Luego vería qué hacer con ese tesoro.

Pero los años fueron pasando y Eustaquio nunca supo qué hacer con el tesoro, más que dejarlo en el viejo maguey. No lo gastó ni lo alcanzó a devolver, porque se le fueron pasando los años, y de repente murió.

Eustaquio deseaba una muerte como la de su papá, que llegó a viejo, muy viejo, y una noche se acostó buenisano y a la mañana siguiente amaneció muerto, bien muerto, sin agonía, sin estragos, sin dolores, por lo menos no se le notaba nada en la cara de muerto, parecía que estaba dormido, decían todos, y no nomás por decirlo. Pero si dudaba Eustaquio que llegara a morir como su padre, nunca imaginó que llegaría a morir asesinado a balazos.

Hasta el pozo del agua limpia algunas veces en días calmados, y con viento favorable, se alcanzaba a oír las campanadas de la torre del pueblo, que bien estaba a más de una hora de camino del rancho. Cuando se oyeron los balazos fue poco después de que el reloj diera las tres y sonaran las tres campanadas de la torre, porque en ese tiempo se daban tres campanadas con la campana más grande, la ronca, la que sonaban en los dobles cada que había muerto, con esa campana todos los días a las tres de la tarde sonaban tres campanadas, bien espaciadas, para indicar que no era de gusto que sonaban, sino para recordar que a esas horas, hacía muchos años, había muerto Jesús crucificado. Entonces los ruidos y los sonidos se alcanzaban a oír más lejos.

'El perro' decía que antes se oían más bien porque había más poquita agente. *'Ahora con tanta gente, los ruidos se acaban más pronto, hay muchas orejas, pues'*, por eso casi no se oían las campanas del pueblo, eso decía 'El Perro'. A Victorino Ramírez le decían 'el perro' porque, como casi nunca trabajaba, se la pasaba nomás andando por el rancho, y por el trote que agarraba a veces, de lejos parecía un perro. Otros decían que era porque tenía una voz muy fuerte y de lejos sus voces parecían ladridos. Siempre buscando con quien platicar; nomás diciendo cosas y empezando pláticas que casi siempre dejaba prendidas para ir a empezar otra con cualquiera que se encontraba… En las tiendas no lo le hacían buena cara porque abarrotaba la plática y no dejaba platicar a los demás y muchos iban a la tienda nomás a platicar. De todas maneras toleraban todos a Victorino 'El perro', porque casi siempre era él el que traía las noticias al rancho, fueran buenas o mala noticias.

— Ahí bien 'el perro'-decían- a ver qué noticias trae…

El día que mataron a Eustaquio fue un día muy calmado. Se oyeron bien las campanadas de las tres y enseguidita se oyeron los balazos, y la gente pensó luego que se trataba de algo serio. A esas horas no se tiraban balazos al aire. En la noche los balazos podían ser de gusto o podían ser de pleito, pero a plena hora del día, esos balazos deberían de tener algún motivo muy serio. Eso pensaron y eso dijeron las gentes que estaban esperando en el pozo del agua limpia, porque ese año, el venero estaba echando muy poquita agua.

—¡Ave María purísima! –dijo Asunción interrumpiendo la plática con las que habían ido al pozo del agua- Esos balazos sonaron raro, no hayan matado algún cristiano.

—A de ser alguien matando conejos.

Eso pensaron y Asunción siguió contando por qué le decían rusa a la yegua que parió el día que nació Altagracia, si la yegua es tordilla.

— Nomás puntadas de Concho, esa yegua nació por los tiempos en que Concho le oyó platicar a su papá el cuento del origen de los apellidos Martín del Campo y Campos. Que según eso alguien halló en el potrero de El salto de la puerca una yegua rusa que estaba cuidando un niño recién nacido… nadie pudo dar con la madre del niño. Lo criaron en el rancho y le pusieron por nombre Martín del Campo de la yegua rusa. Que creció y fue hombre importante y padre de la descendencia de los Campos y Martín del Campo…

Por esas coincidencias que pasan en la vida real y que la gente piensa que solo pasan en las novelas y en las películas, del mismo tema que estaban platicando las mujeres en el pozo del agua zarca, platicaban los hombres en la tienda de Leandro. Mientras Concho aseguraba que había sido cierta la historia de la yegua rusa con el niño, unos se la creían, otros la negaban y otros nomás lo juzgaban y se reían…. Pero Concho platicaba la historia como cierta porque su padre la contaba como cierta, porque como cierta la había oído también.

En esas platicas estaban en la tienda de Leandro, cuando llegó 'El Perro' a decir que habían hallado muerto a Eustaquio en el potrero del salto de la puerca, (otros, muy pocos, lo llamaban el potrero de la yegua rusa), que era donde tenía su ganado Eustaquio.

Bien muerto lo hallaron con un balazo en el pecho y otro en la cabeza y nunca se supo a ciencia cierta quién o por qué lo habían matado.

Se dieron muchas versiones, cada quien tenía una opinión, pero la más aceptada era que había sido un hijo de Maurilio el que lo había *venadiado*. Y todo porque a Eustaquio no le gustaba el muchacho para yerno. Ya le había dicho muchas veces que no lo quería ver cerca de la casa o platicando con su hija, la única que le quedaba en la casa, las otras habían casado bien.

Eustaquio no era de pleito ni había amenazado al muchacho, le hablaba con buenas palabras, pero el muchacho era de por sí malaentraña. Nadie se explicaba por qué, si venía de dos familias muy buenas, había salido tan mala maceta y tan vago y descorazonado.

En la Tienda de Leandro

Había dos tienditas en el rancho, la tienda de Doroteo a donde la gente iba a comprar, y la tienda de Leandro a donde la gente iba a platicar. Lo que pasaba en el rancho se sabía en las tienditas, cosas de hombres, porque las mujeres platicaban sus cosas en el pozo del agua zarca, el agua de beber.

Concho supo de la muerte de su compadre Eustaquio en la tienda de Leandro.

Allí supo la noticia y allí supo los pormenores, las suposiciones y los motivos de la muerte. La vida entera de Eustaquio se comentó en las pláticas en la tienda de Leandro y se complementaron en el velorio esa noche en casde Eustaquio. Por alguna razón, nadie recordó lo que se decía hacía años, que Eustaquio le había madrugado a Concho con un tesoro escondido en el muladar de la casa de Concho.

Al día siguiente en la madrugada lo llevarían a sepultar al pueblo. En el velorio, Concho procuró estar cerca de su comadre Eustolia con la intención de averiguar si acaso algo hubiera comentado el compadre relacionado con el tesoro.

No se equivocó porque Eustolia le comentó muy naturalmente sin imaginar lo importante que era para Concho oír eso.

— Apenas hace unos días me dijo que quería hablar contigo antes de que se muriera… a lo mejor presentía algo. La muerte siempre se presiente aunque no lo diga la gente. No sé de qué quería hablar… ¿hablaron de algo?

—No nunca me dijo que tuviera algún secreto o algún encargo…

—Ahora nunca sabremos, dijo Eustolia y se a la cocina a ver si tenían café suficiente……

Ahora nunca sabremos, pensó Concho, pero por lo menos ya sabía que Eustaquio quería hablar con él. De seguro tenía escondido el tesoro que le había robado.

Como si esperara que el difunto hablara, Concho acompañó el cadáver de su compadre hasta el cementerio en el pueblo. En otros tiempos se llevaban los difuntos a hombros de personas, ahora lo hacían en camionetas y Concho viajó en el cajón de la camioneta a un lado del difunto que habían envuelto en un petate, hasta que llegaron al pueblo lo metieron al ataúd para sepultarlo. Cuando lo encerraron en la gaveta, supo Concho que ahí quedaba enterrado el secreto del tesoro robado. Si no le había dicho a Eustolia a nadie más le habría dicho dónde tenía escondido el dinero…

Concho llegó esa tarde a la tienda de Leandro cuando la plática ya estaba bien trenzada. Era precisamente Leandro el que hablaba y saludó nomás con una seña a Concho sin interrumpir la plática.

—Te voy a decir una cosa, Liborio, eso que estás contando más parece que lo estás inventando. Bien se distingue cuando estás contando algo que viste u oíste a cuando vas inventando algo conforme lo vas platicando, y aquí tú estás inventado… ¿Quién te va creer que Maurilio se halló un tesoro en un maguey? Lo que se halló fue una víbora que le picó…

—Pero no le picó, lo que le sacó fue un buen susto.

—Como haiga sido, -intervino Gaudencio- él vio un tesoro en el maguey y eso es lo que habría que averiguar, dónde está ese tesoro.

—Estarás más menso… ¿Desde cuándo se acostumbra enterrar dinero en los magueyes?

—Lo que pasa es que ustedes no creen nada. -intervino Concho- Un día de estos les voy a contar una historia que no me la van a creer…

—¿Cómo la que contaste que la puerca tuvo un becerrito?

—No, de un tesoro que me hallé y se me desapareció……

—Esa ya es historia vieja. Mejor te creo lo de la yegua rusa que cuidaba al niño en el salto de la puerca……Dijo Gaudencio y le dio una buena fumada al cigarro de hoja…….

Rieron todos y cambiaron de plática.

Concho sabía que por todo el rancho se hablaba del dinero que se había hallado hacía ocho años ya, pero las historias que contaban eran tan diferentes a la realidad, que a veces le daban ganas de platicarles a todos cómo habían pasado las cosas. Un día se dio cuenta que alguien había contado que Eustaquio no le robó el dinero, sino que estaba de acuerdo con Concho y nomás se lo iba a guardar, porque Concho le había dicho a Gaudencio que si no se curaba Asunción de los nervios, la iba a dejar…. Algunos decían que no había sido Eustaquio, sino Gaudencio el que se llevó la caja con el dinero. No dudo Concho que ese chisme lo hubiera empezado Felícitas que hasta la fecha "le hacía ojitos" a Concho, aunque siguiera casado y con tres de familia. Cosas como esas se contaban, y cosas se contaban del tesoro que encontró Maurilio, pero a Maurilio no le creían mucho, porque tenía fama de mentiroso.

Pero en realidad Maurilio sí vio el tesoro. Lo vio de cerca.

Lo que vio primero, un día que se le ocurrió cruzar por el potrero de los magueyes del difunto Eustaquio, fue una puerca que andaba en el corral con cuatro lechoncitos, lo cual era cosa rara, porque al corral de los magueyes nadie metía puercos y las cercas estaban bien hechas como para que una puerca las tumbara. Maurilio siguió la puerca a ver para dónde ganaba, pero llegando a un maguey, allí se desapareció la dichosa puerca, con todo y marranitos se esfumó. En vano la buscó Maurilio, nomás no había puerca por ningún lado. Ni en el corral ni en el potrero del lado.

Así quedó la cosa ese día. Maurilio le daba vueltas en la cabeza a la desaparición de la puerca. Como no vio a nadie ese día y no creyó que a su mujer le importara, a nadie le platicó de la aparición de la puerca en el corral de los magueyes de Eustaquio. Pero en la noche, de repente se le vino la idea de que la puerca podría ser en verdad alguna aparición. Contaban tantas historias, historias que nunca creyó, pero ahora con lo que le había pasado… Tendría que desengañarse. Hasta del mismo Abelino, papá de Eustaquio decían que su riqueza le venía de unas ollitas repletas de oro que encontró en el altillo de la cocina. Nadie sabía de ese tesoro. Ni siquiera se hablaba de tesoro cuando empezaron a ver que a veces al oscurecer llegaba una viejita y se metía a la cocina, pero nunca salía y adentro no la encontraban. Creían que era alguien que había muerto allí; en todas las casas del rancho se había muerto alguien y en muchas decían que se aparecían muertos, desde niños hasta viejitos se aparecían. Pero un día una de las muchachas dijo que la viejita se le desapareció en el altillo de la cocina. Y don Abelino empezó a sospechar. Escarbó en el altillo y casi abajo del fogón se encontró el oro. Dos ollas de buen tamaño repletas de monedas de oro. Eso platicaban, y así pudo haber sido, porque don Avelino de pronto compró terrenos y ganado. Decían que algunos los ricos que enterraban dinero prometían al enterrarlo *"que se pudra mi alma en el infierno antes que saque yo este dinero si no es para terrenos o ganado"*.

Cuando le preguntaban a Abelino sobre las ollitas de oro, nomás sonreía con una sonrisa que podía ser afirmativa o burla de los que tales historias creían.

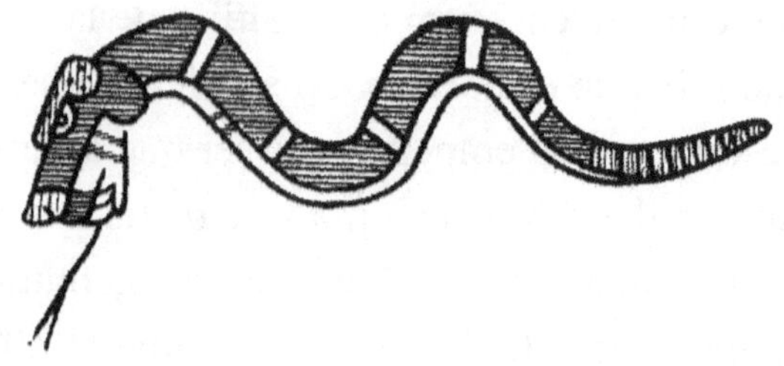

Casi a mediodía fue Maurilio al potrero de los magueyes con la esperanza de ver otra vez la puerca que desaparecía.

Desde que faltó Eustaquio nadie se preocupó por cuidar los magueyes que tanto cuidaba Eustaquio. Casi todos los días daba una o dos vueltas a la huerta de los magueyes. Hacía como que andaba raspado los magueyes o recogiendo aguamiel, y aunque sí raspaba unos cuantos, en realidad iba todas las tardes a revisar que no estuviera movida la piedra del maguey viejo donde tenía escondido su tesoro, el tesoro que sabía que un día le regresaría a su compadre Concho y nunca le regresó.

Contaban que en algunos magueyes dejaba, a veces olvidadas, botellas de tequila a medias, pero muerto Eustaquio el potrero se volvió de todos.

Maurilio esperó a que estuviera solo el potrero, los que recogían aguamiel lo hacían temprano, o ya no la encontraban.

Maurilio volvió al potrero de los magueyes con la esperanza de otra vez ver la puerca con marranitos, pero la puerca no apareció.

Allá en el rincón estaba el maguey donde había desaparecido la puerca y allá se dirigió Maurilio. Apresuró el paso cuando vio como que el zacate seco se movía cerca del maguey donde tenía clavada la mirada, si era la puerca o no, ciertamente algo se escondió en el maguey. Como un día antes, buscó por todos lados y nada, ni rastros de que allí hubiera andado animal alguno.

Un impulso inconsciente lo hizo que removiera la piedra que tapaba el pozo del viejo maguey ya bien reseco… A simple vista se notaba que esa piedra no había sido movida desde hacía tiempo, y ni modo que ahí se hubiera escondido una puerca con puerquitos, pero Maurilio la quitó… y lo primero que vio fue que entre los pedazos de tablas se asomaba una bolsa de cuero, la bolsa del tesoro. Apenas la había levantado sintiendo que tenía buen peso e imaginando que estaría llena de monedas de oro, cuando oyó el ruido del cascabel de la víbora que se había anidado atrás de la bolsa de cuero y sin duda vio Maurilio cuando creyó ver que algo se movía junto al maguey. Lo que pasó enseguida fue como un relámpago: Maurilio soltó la bolsa al tiempo que la víbora le lanzaba el mordisco. Sintió el golpe en el dedo gordo de la mano izquierda, rápido se lo apretó con fuerza con la mano derecha y despavorido se fue corriendo a su casa. No supo si sintió dolor, no supo nada, solo pensaba que podría morir.

Natalia cuando lo vio sudoroso y descolorido a pesar de haber corrido, supo que algo muy grave le había pasado…

—¡Busca algo para curarme que me mordió una víbora, pero rápido!

No soltaba el dedo, por lo que Natalia ni siquiera le preguntó dónde lo había mordido la víbora, fue y trajo la botella del alcohol puro y una botellita de ajo en alcohol que siempre tenía para el dolor de muelas… con eso le roció el dedo que poco a poco fue soltando Maurilio. No había sangre, no había mordida. Pero él había sentido el golpe de la cabeza de la víbora. Lo que pudo notar fue un rasguño en la uña donde le rozó el colmillo de la víbora. Se había salvado de milagro, un verdadero milagro.

—Ahorita vengo.

Le dijo a Natalia completamente recuperado, como por milagro, en cuanto vio que no lo había mordido la víbora, y salió como alma que lleva el diablo. Natalia pensó que iría a matar la víbora, pero no alcanzó a preguntarle a dónde iba…

Maurilio regresó como a la hora, más triste y decaído que cuando venía 'mordido' de la víbora.

—Se lo robaron.

Fue todo lo que dijo y se dejó caer el sillón donde a veces se quedaba dormido.

—¿Qué se robaron? Preguntaba en vano Natalia. Nunca pudo entender las respuestas que daba Maurilio.

Duró días enseñándoles a todos el rasguño en la uña y ponderando el tamaño de la víbora. Hasta que se murió siguió platicando del tesoro que se halló en el pozo de un viejo maguey. Tanto lo platicó que llegó el día en que nadie le creyó y pocos le prestaban atención a su historia, y a él mismo se le fue olvidando, porque las cosas que no fueron terminan por olvidarse.

No duró mucho Maurilio. Un día, de buenas a primeras empezó a sentirse mal. No había padecido ninguna enfermedad seria y los catarros nunca lo tumbaron. Natalia no recordaba en los muchos años que tenían de vivir juntos, haberlo visto quejarse de algún dolor u oírlo decir que se sintiera mal. Por eso cuando Maurilio le dijo ese día en la mañana que se sentía mal, Natalia lo tomó muy en serio.

—Sentirse mal le pasa a toda la gente en algún momento, lo malo es ponerles mucha atención a esos malos sentires, entre más atención les pones más se vuelan. -dijo alguna vez Maurilio-. Empiezas a sentirte mal del estómago y al rato ya anda el dolor por la cabeza y hasta los pies te pesan.

Pero, como le decía a la gente Juanilla la partera: lo peor viene cuando empiezas a decir a la gente que te sientes mal, porque entonces sí, los dolores serán permanentes y agudos… y entre más los platiques más los sentirás y la gente se puede morir nomás por hacerles caso a los dolores.

Eso de guardarle cama a las enfermedades no era para Maurilio, como tampoco era ir a los doctores.

Ni siquiera se dio cuenta que se estaba muriendo. Nunca se había enfermado de seriedad, mucho menos estar en cama enfermo. Después de comer se acostó un rato; a veces dormía la siesta, otras nomás descansaba un poco, Esta vez se quedó dormido, pero pronto despertó con lo que fue un sueño o un serio aviso que no entendió. Fue como un relámpago, como un corto circuito. Vio como un resplandor y luego todo quedó negro, despertó un poco sobresaltado

Lo que nunca supo Maurilio fue que con el susto se le disparó la diabetes y a los pocos días se murió dormido en el sillón donde a veces se quedaba dormido.

Ya se lo había dicho Natalia, "tanto te gusta ese sillón que un día te vas a quedar dormido y no vas a despertar".

En el pozo del agua

—¿Aquí vas apenas, pues a qué horas llegaste?

—Como a las cuatro, pero no avanza nada la fila.

—Sí, está echando muy poquita agua el venero y casi todos traen botes grandes.

—No hacen caso, hasta el señor cura dijo el otro día en la misa que fueran compartidos, que llevaran nomás el agua que necesitaban para que todos alcanzaran agua cada día.

—El chiste es que siga echando agua… Nomás imagínate el día que se le acabe el agua a este pozo, de dónde vamos a agarrar agua para tomar.

—Ya sería muy de malas que se le acabara. Mi papá dice que desde que estaba chiquillo, en años de sequía ya lo mandaban al agua a este pozo… Allá viene ya Concha la de Goyo, ya llenó sus dos cubetas y yo aquí platicando… Allá nos vemos a la tarde… digo más tarde, porque tarde ya es……. ¿Ya sabes lo que le pasó a Asunción?

—¿La de Concho?

—Sí.

—¿Queeeeé le pasó?

—¿No sabes? Después te platico.

Inés volteó a los dos lados de la fila, ni a quién preguntarle; atrás y delante de ella en la fila eran puros muchachos chicos. A algunos los mandaban nomás a guardar el lugar en la fila… Otros más listos hacían fila por su cuenta; unos llevaban cubetas y las llenaban y luego vendían el agua en el rancho, no faltaba quien les diera un tostón y hasta un peso; otros sólo hacían fila y cuando se acercaban al pozo vendían el lugar, por cualquier cosa, hasta por veinte centavos, apenas para comprar media pieza de pan sobado con cajeta en la tienda de Doroteo.

Buena puntada había tenido Doroteo 'el triste' de vender medias piezas de pan sobado con cajeta. Los que más las compraban eran muchachos chicos, sobre todo cuando salían de la escuela, pero pocas veces traían los 40 centavos para pagarlas completas; dejaban un veinte y decían que luego pagaban el resto, pero nunca pagaban, y cuando volvían se hacían que no se acordaban; por eso se le ocurrió a Doroteo: 'si nomás traes tu veinte, llévate nomás la mitad'. Si sus ventas no aumentaron mucho, si disminuyeron las pérdidas por veintes no pagados.

Todo el día y a veces hasta entrada la noche había hasta una docena de personas haciendo fila esperando el turno para llenar botes, cubetas o cántaros con agua zarca que manaba en el venero del Pozo del rancho, el agua de beber. En años de buen temporal no había problema, el pozo mantenía buena cantidad de agua todo el año. Pero en tiempo de sequía el venero, aunque no se secaba, daba muy poca agua y la gente no dejaba que se juntara, iban y llenaban sus cubetas y botes aunque tuvieran que esperar horas en fila... De cualquier manera, con mucha o con poca agua, el Pozo del rancho siempre había sido lugar de reunión, especialmente de mujeres que allí se juntaban a platicar. Los muchachos también se arrimaban, y más de algún noviazgo había empezado en ese Pozo. Ese año la sequía era extrema. Ya se había muerto ganado, porque casi todas las presas y bordos se habían secado. El venero del Pozo daba poca agua, por eso siempre había gente en fila esperando llevar agua a sus casas.

Notó Inés que la plática estaba animada en el brocal del pozo, unas con sus cántaros y cubetas llenos de agua, otras todavía en la fila y en los escalones que bajaban hasta el venero.

Saludó de lejos, pero en cuanto pudo oír las pláticas pensó que el chisme no era nuevo, que hablaban de algo que había pasado hacía años.

Según decían, la enfermedad de Asunción cuando estaba embarazada y que la tuvo casi un mes en cama no tuvo nada que ver con el embarazo, fue un mal de susto, porque se le había aparecido un ánima que le había dicho dónde había un tesoro escondido; que Concho no lo buscó sino hasta que se puso de acuerdo con Eustaquio para que se lo guardara, porque Concho iba a dejar a Asunción, porque veía muchas apariciones y cada vez estaba más enferma de los nervios; que Concho se iba a perder en la capital con el dinero y una muchacha del rancho, que todos decían que era Felícitas la de don Chavelo; que Eustaquio tenía escondido el tesoro de Concho en un maguey; que Maurilio había visto el tesoro en un maguey, pero que estaba protegido por una enorme víbora y cuando volvió con agua bendita el tesoro ya no estaba…….Esas cosas y más contaban. Pero María la de Saturnino aseguraba que Asunción y Altagracia se habían hallado un tesoro escondido en un maguey y era, era el mismo tesoro que Concho se había hallado en su casa y Eustaquio se había robado.

"No pueden guardar secretos", pensó Inés y se arrimó rápido a oír detalles…

Lo que contaba María la de Saturnino era cierto. Lo demás eran cuentos.

Asunción y su hija Altagracia encontraron el tesoro en el maguey.

Pocas veces dejaba Asunción que Altagracia, aunque ya tenía ocho años, fuera sola a recoger aguamiel a unos magueyes que había 'quebrado' Concho, con previo permiso y consentimiento de su comadre Eustolia, después de que falleció Eustaquio y el potrero de los magueyes se volvió de todos los del rancho. Ese día fueron un poco tarde y apenas iban brincando la cerca cuando vieron a Maurilo que arrancó corriendo como desesperado rumbo a su casa. Como iba deteniéndose un dedo Asunción pensó que se había cortado con el raspador con que raspan los magueyes para que mane el aguamiel…

—¿Qué te pasó, Maurilio?

Le gritó Asunción, pero Maurilio ni las vio ni las oyó.

Por ver si había rastros de sangre, Asunción se acercó al maguey de donde había corrido Maurilio. Altagracia llegó primero y fue la primera que vio la bolsa de cuero en el pozo del maguey.

—¡Cuidado! –dijo Asunción- puede haber una víbora.

Y golpeó el maguey con una vara que traía siempre que iba a al potrero de los magueyes, porque ya había visto víboras.

Cuando vio la bolsa de cuero y las tablas viejas en el hueco del maguey seco, inmediatamente se imaginó de qué se trataba. Con razón pasaba tanto tiempo Eustaquio en su huerta de magueyes.

Asunción sacó apresuradamente la bolsa, tomó a Altagracia de la mano…

—¡Vámonos! ….

Dijo, y se fueron a la casa, llevándose el tesoro con la misma prisa que ocho años atrás se lo había llevado de su casa su compadre Eustaquio.

Por eso a Maurilio le pasó lo mismo que a Cocho, cuando regresó por su tesoro, cuando se repuso del gran susto que le metió una víbora, sólo encontró el hueco donde había visto la bolsa con las monedas, como Concho sólo había visto el hueco donde había estado la caja con las monedas, cuando la encontró debajo de la enorme piedra del muladar, hacía ya ocho años.

— Si encontramos algo va a ser para la criatura…

— O para las criaturas…

Eso habían dicho Concho y Asunción ocho años antes. Lo mismo decían ahora….

— Será para las criaturas.

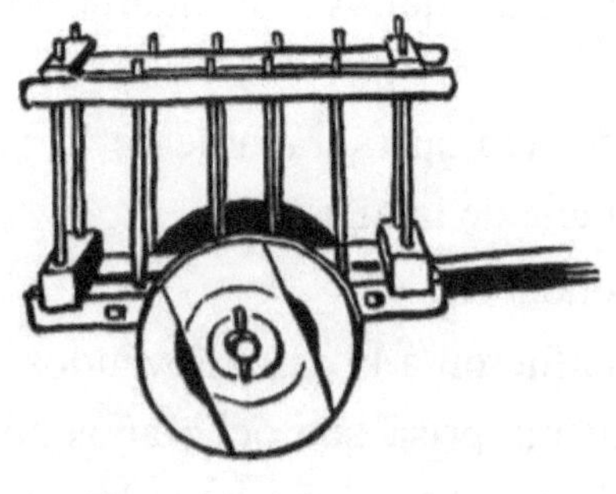

www.ingramcontent.com/pod-product-compliance
Lightning Source LLC
Chambersburg PA
CBHW020133180726
47992CB00022B/2913